कुंडू की कहानियां

दीपक कुंडू

यह पुस्तक में अपने पिता श्री मेहर सिंह कुंडू को समर्पित करता हूं क्योंकि उन्हीं से सीख कर और समझ कर मैंने थोड़ा बहुत लिखना शुरू किया ।

क्रम-सूची

1

पूर्व जन्म का राज

रंकनाथ को अपने पूर्व जन्म के बारे में धुंधली सी यादें स्मरण हैं। इस जन्म में उसकी दो बहने तथा एक भाई है, परंतु पूर्व जन्म में वह अपने माता-पिता का इकलौता पुत्र था। उसका नाम राजनाथ था। उन दिनों शिक्षा सिर्फ शहरों में रहने वाले युवक व युवतियों को ही अधिक

संख्या में प्राप्त हो पाती थी । गांव में रहने वाले अधिकतर बच्चे तो कभी स्कूल में जाते ही नहीं थे । वह अपने खेतों खलिहानों में काम करते या अपने पशुओं को रजवाहों (छोटी नदियों) के किनारों के साथ होगी हुई घास चराकर अपनी दिनचर्या व्यतीत करते थे । राजनाथ एक संगीत कृषक परिवार में पैदा हुआ था । उसके पिताजी गांव की चौपाल में बने स्कूल से चौथी कक्षा पास करने वाले उस समय के गिने-चुने व्यक्तियों में से एक थे ।

उन दिनों शादी विवाह छोटी उम्र में ही कर दी जाती थी, अपने पिता की तरह राजनाथ ने भी चौथी कक्षा पास कर ली थी और मात्र 15 साल की आयु में उसका विवाह कर दिया गया था । राजनाथ को फौजी लोग बहुत अच्छे लगते थे इसलिए उसने बचपन से ही फौज में भर्ती होने की ठान रखी थी । विवाह के उपरांत 1 वर्ष बाद उसके पहले पुत्र का जन्म हुआ, घर में बच्चे के आने से राजनाथ के माता-पिता बेहद खुश थे, उसकी पत्नी भी पुत्र पाकर संपूर्ण औरत बन चुकी थी ।

18 वर्ष की आयु पार करते ही राजनाथ एक दिन गांव की चौपाल में फौज में भर्ती की लाइन में खड़ा हो गया, शारीरिक व शैक्षणिक योग्यता के अनुसार भर्ती करने आए फौजी अफसरों ने उसे पास कर दिया और वह अगले दिन फौज में चला गया । अंग्रेजों का राज था... कानून का पालन करना तथा अनुशासन को बनाए रखने वालों को सरकार समय-समय पर पारितोषिक भी प्रदान करती थी । राजनाथ ईमानदारी व सच्ची लगन से सीमा बल में देश सेवा करने में आनंद महसूस करने वाला नौजवान था । गांव में उसके माता-पिता के साथ उसकी पत्नी व बच्चे सुरक्षित जीवन व्यतीत कर रहे थे । राजनाथ हर वर्ष 20 दिन की छुट्टी लेकर गांव में आता था । परिवार में खुशहाली अपना स्थान बना ही लेती थी ।

फौज में होते हुए भी राजनाथ ने कभी शराब का सेवन नहीं किया बाकी के साथी फौजी कहते थे कि प्यारे पी लिया करो दो चार पैग... कैंटीन में सस्ती अथवा मुफ्त बराबर मिलती है । वह भोजन भी हमेशा शाकाहारी किया करता था तथा धूम्रपान जैसी जानलेवा आदत से भी कोसों दूर रहता था ।

यूं तो प्रत्येक दिवस का अपना महत्व होता है... जैसे हमारे भारत देश में अनेक विद्वानों द्वारा विक्रमी संवत के अंतर्गत आने वाले आषाढ़ माह के शुक्ल पक्ष की मंडली नवमी नवमी को शादी-विवाह जैसे कई पवित्र कार्यों को करने के लिए अति शुभ दिन माना जाता रहा है । यह दिन आमतौर पर जून व जुलाई के महीने में आता है .. इसीलिए राजनाथ जब भी छुट्टी आता था तो मंडली नवमी को ध्यान में रखकर ही गांव में हर वर्ष आया करता था कि किसी शुभ कार्य को करने के लिए ज्यादा माथापच्ची ना करनी पड़े । 10 वर्ष फौज में नौकरी करते हुए व सूबेदार के पद पर तैनात हो चुका था, साथ ही वह 1 पुत्र के अलावा तीन पुत्रियों का पिता भी बन चुका था ।

जर्मनी तथा ब्रिटेन की आपसी राजनीतिक, भौगोलिक, शक्तिसंपन्न प्रभुता वाली प्रतिक्रिया के कारण जुलाई 1914 से नवंबर 1918 के बीच चलने वाले "प्रथम विश्व युद्ध" में प्रत्यक्ष रूप मैं एक तरफ जर्मनी, ऑस्ट्रिया, हंगरी, बुलगारीया तथा दूसरी तरफ ब्रिटेन, फ्रांस, रूस, रोमानिया, अमेरिका, इटली व जापान अपनी-अपनी मध्यस्थ ताकतों के देशों सहित सम्मिलित हुए थे । इस युद्ध में एक करोड़ से अधिक जाने कुर्बान हुई, अंततः जर्मनी तथा बुलगारीया के आत्मसमर्पण के उपरांत बाकी देश भी चुप बैठने पर मजबूर हुए और युद्ध समाप्त हो गया । उन दिनों भारत में ब्रिटिश राज था... राजनाथ सूबेदार भी सेना में अपने अफसरों के कहने के अनुसार अपनी ड्यूटी पर तैनात था ।

राजनाथ का पैतृक गांव दिल्ली के दक्षिण में ज्यादा दूरी पर नहीं था क्योंकि उसके 100 बीघा जमीन के फार्म में तीन मंजिल की हवेली पर चढ़ने के बाद दिल्ली स्थित कुतुब मीनार का ऊपरी भाग आसानी से दिखाई पड़ता था । इस मीनार को कुतुबुद्दीन ऐबक ने वर्ष 1993 में एक मंजिल बनाकर शुरुआत की तथा उसके बाद विभिन्न इस्लामिक शासकों द्वारा निर्मित होते होते समसुद्दीन के समय में वर्ष 1918 में 72.5 मीटर (238 फुट) ऊंचा बनकर तैयार हुआ । कुतुब मीनार दिल्ली के दक्षिण में महरोली में स्थित है, इसे महरोली की लौट के नाम से भी जाना जाता है । राजनाथ सूबेदार जब भी छुट्टी आता था तो अपनी

हवेली की छत से कुतुबमीनार देखा करता था । यह मीनार दिल्ली के अंतिम हिंदू शासक की पराजय के तत्काल बाद विजय स्तंभ के रूप में बनाया गया था ।

सूबेदार राजनाथ तंत्र मंत्र में अधिक विश्वास नहीं रखता था... वह बुजुर्गों द्वारा बताए गए कुछ खास दिनों की अहमियत में यकीन रखता हुआ अपने कार्यों का निपटारा कर लेता था । उसके चारों बच्चे जवान होते गए... उसे सारी चिंताएं थी कि कब उनका विवाह इत्यादि करना है उसके माता-पिता भी ब्राह्मण पर दोषियों को दान पुण्य अवश्य करते थे परंतु संपूर्ण विश्वास नहीं कर पाते थे ।

प्राकृतिक व पारंपरिक मान्यता का पूरी तरह पालन करने का उदाहरण राजनाथ सूबेदार के परिवार में देखा जा सकता था... क्योंकि उसके पिता स्वयं उसका तथा उसके पुत्र व तीन पुत्रियों का विवाह आषाढ़ माह के शुक्ल पक्ष की मंडली नवमी को संपन्न हो चुके थे । वे सभी हर वर्ष अपनी अपनी शादी की सालगिरह मनाने के बहाने मंडली नवमी को अपने गांव में एकत्र होते थे ।

सेना में 30 वर्ष की सेवा करने के बाद स्वेच्छा से पेंशन पर आने पर गांव वालों ने राजनाथ का पूरे दिल से स्वागत किया बच्चे और बड़े सभी उसकी सेना की वृद्धि के कंधों पर पदोन्नति के सितारे तथा पीने पर बहादुरी के चमकते हुए तमगों को देख कर गर्व महसूस करते थे । कुछ ही दिनों के बाद गांव वालों ने उसे सर्वसम्मति द्वारा गांव के मुखिया के तौर पर आरूढ़ होने के लिए मना लिया तथा उसने खुशी-खुशी गांव की सेवा करने का आश्वासन दे दिया ।

5000 से अधिक आबादी वाला गांव अभी तक शिक्षा के क्षेत्र में काफी पिछड़ा हुआ था क्योंकि अब तक सिर्फ एक प्राइमरी स्कूल ही था... जिसमें बच्चे पढ़ने जाते थे उसके बाद दूर के गांव शहर में नहीं पढ़ पाने के कारण आगे की शिक्षा पाने में असमर्थ थे । इस समस्या के हाल के लिए राजनाथ ने गांव से शहर को जोड़ने वाली सड़क के किनारे अपने फार्म की 1 एकड़ जमीन गांव में हाई स्कूल बनाने के लिए दान स्वरुप दे दी । गांव के लोगों ने दिल खोलकर चंदा इकट्ठा किया और देखते ही देखते गांव के बच्चे दसवीं कक्षा तक अपने ही गांव में पढ़ने लगे । स्कूल

के साथ कबड्डी वालीबॉल हॉकी तथा फुटबॉल का खेल मैदान बना होने से बच्चे खेलों में भी निपुण होने लगे ।

श्रद्धा भाव से कार्य करने वाले व्यक्ति को सदैव इज्जत व मान की प्राप्ति होती है तथा उस द्वारा किए गए कार्य भी सफलतापूर्वक पूर्ण हो जाते हैं । राजनाथ गांव की तरक्की के विषय में बातचीत करने के लिए स्कूल के हेडमास्टर तथा गांव के सयाने बुजुर्गों को अपने खेत में बनी हवेली में हर महीने आमंत्रित करता था । परिणाम स्वरूप कुछ ही वर्षों में गांव में पक्की गलियां बन गई और गांव के जगह पर युवक साक्षर बनते चले गए । छोटी-छोटी बातों को लेकर अब गांव के लोग आपस में लड़ाई झगड़ा नहीं कर रहे थे सभी को आपस में भाईचारे के साथ रहने नहीं एक सुखद आनंद का अनुभव होने लगा था ।

_X_X_X_X_X_X_X_X_X_X_X_X_

2

सफेदपोश

वह राज्य की शीर्ष संस्था में चेयरमैन बन कर आया था... एक क्रांतिकारी नेता था किसी जमाने में तत्कालीन प्रधानमंत्री श्रीमती इंदिरा गांधी की राजनीतिक पार्टी का कर्मठ सदस्य था... जिसने देश के

आपातकाल ने भी कभी अपने जीवन की परवाह नहीं की थी । उस समय वह पंडित चक्रधर के नाम से जाना जाता था मगर तत्कालीन प्रधानमंत्री ने उसकी सेवाओं से खुश होकर उसे 'नीडर' का उपनाम दे दिया था ।

भारत में 25 जून 1975 को अचानक आपातकाल की घोषणा कर दी गई जो 21 मार्च 1970 तक जारी रही । उस समय पंडित चक्रधर 'नीडर' 25 वर्ष का नवयुवक था । उन दिनों वह हर रंग के सूट-बूट पहना करता तथा उसके सिर पर काले घुंघराले बाल तथा चेहरे पर सिर्फ काली मूछें हुआ करती थी, वह दाढ़ी साफ रखता था ।

आपातकाल (Emergency) लगाने के कारणों को कोई समझ नहीं पा रहा था । जो भी विपक्षी नेता इस बारे में जानने का प्रयास करता उसे सीधा जेल में बंद किया जा रहा था । देखते ही देखते कुछ ही दिनों में देश के अनेक नेताओं से जेलें भरती चली गई । बसों से 20 से 30 वर्ष के नवयुवकों को उतार कर सीधे अस्पतालों में ले जाकर उनकी नसबंदी कर नपुंसक बनाया जा रहा था... जिनमें अनेक युवक तो अविवाहित ही थे । कुछ लोग कह रहे थे कि देश में अधिक जनसंख्या हो चुकी है, जिसे बढ़ने से रोकना सरकार के लिए अनिवार्य कदम है । चारों ओर हाहाकार मचा हुआ था ।

आपातकाल की घोषणा का मुख्य उद्देश्य देश की बिगड़ती अर्थव्यवस्था को फिर से बहाल करना था । विपक्षी दल आए दिन जलसे-जुलूस द्वारा देश को कमजोर कर रहे थे । खैर इस दौरान पूरे देश का बच्चा-बच्चा सरकार के विरोध में विपक्षी 'जनता पार्टी' की जय-जयकार कर रहा था परिणामस्वरूप चुनाव में 'जनता पार्टी' को जीत मिली परंतु सरकार आपसी फूट के कारण जल्द ही फेल हो गई और फिर से कांग्रेस की सरकार बन गई । पंजाब में वर्षों से चल रहा खालिस्तान बनाने का षड्यंत्र संत जरनैल सिंह भिंडरावाले की देशद्रोह करने तथा शिरोमणि अकाली दल के सिखों के समर्थन सहित अमृतसर का स्वर्ण मंदिर मजबूत किलाबंदी द्वारा विदेशी हथियार तथा गोला बारूद से खचाखच भर दिया गया था । इस बारे में पता लगते ही 31 मई 1984 को तत्कालीन प्रधानमंत्री के आदेश अनुसार भारतीय सेना ने टैंकों द्वारा हमला करके स्वर्ण मंदिर में छिपे संत जरनैल सिंह भिंडरावाले सहित

उसके 492 अन्य अनुयायियों को मौत के घाट उतार दिया था । उस ब्लू स्टार ऑपरेशन में सेना के 83 सैनिक शहीद हुए तथा 248 सैनिक घायल भी हुए । देश तो टुकड़े होने से बच गया परंतु 31 अक्टूबर 1984 को शायद संत जरनैल सिंह भिंडरावाले के अनुयायियों की सांठगांठ के कारण तत्कालीन प्रधानमंत्री इंदिरा गांधी को उसी के अंग रक्षकों ने सैकड़ों गोलियों से भून कर मार डाला था ।

पंडित चक्रधर 'नीडर' इस घटना के बाद अपने राज्य में वापस लौट कर आ गया । समय बीतता रहा... वह 50 वर्ष की आयु पार कर गया । उसके सिर व दाढ़ी के बाल पूरी कर सफेद हो चुके थे... वह खादी आश्रम द्वारा निर्मित सफेद कुर्ता पजामा तथा पैरों में सफेद जुराबे व जूते पहनकर एड़ी से चोटी तक पूरा "सफेदपोश" बनकर जीवन व्यतीत कर रहा था । उस समय राज्य में कांग्रेस पार्टी की सरकार थी । एक दिन पंडित चक्रधर 'नीडर' मुख्यमंत्री से मिलने गया तो उन्होंने उसे राज्य की एक शीर्ष संस्था का चेयरमैन नियुक्त करते देर नहीं लगाई ।

संस्था के सबसे बड़े कमरे के गेट पर नेम प्लेट लगाई गई "पंडित चक्रधर नीडर चेयरमैन" अर्थात अब वह सफेदपोश राज्य के महत्वपूर्ण शीर्ष संस्था के चेयरमैन की कुर्सी पर विराजमान हो चुका था । संस्था के उपनियमों के अनुसार चेयरमैन को संस्था की प्रशासनिक शक्तियां प्रदान नहीं की जा सकती थी मगर अन्य सुविधाओं पर किसी प्रकार का प्रतिबंध नहीं था । संस्था की तरफ से आलीशान मकान तथा गाड़ी इत्यादि बिल्कुल मुफ्त प्रदान की जा रही थी । समय-समय पर संस्था से संबंधित कार्यक्रमों के लिए देश तथा विदेशी यात्राओं का भी भरपूर मजा अथवा मनोरंजन करने की पूरी सुविधा थी रुपए-पैसे खर्च करने में अब पंडित चक्रधर 'नीडर' किसी राज्य के गवर्नर से कम नहीं रहा था ।

पंडित चक्रधर हमेशा अपने माथे पर यू (U) के आकार में सफेद चंदन का तिलक लगाया करता । सिर व दाढ़ी के सफेद बालों के बीच उसका पक्का श्यामल चेहरा बिल्कुल एक बूढ़े लंगूर बंदर की तरह दिखाई पड़ता था । दफ्तर के अधिकारी तथा कर्मचारी उसे काला ब्राह्मण अथवा अशुभ व्यक्ति मानते थे... जिसे सरकार ने संस्था पर एक व्यर्थ का भारी नुकसान करने के लिए चेयरमैन के रूप में लगा दिया था ।

सबसे पहले चक्रधर का ध्यान उसके मकान के मेन गेट के साथ लोहे की चद्दर से बने गैराज में कई वर्षों से धूल में अटी फिएट कार का तरफ गया... जिसके चारों टायरों की हवा निकली पड़ी थी, उसे फिर से नया बना कर सड़क पर चलाने की सोच ली थी । संस्था की कार के ड्राइवर ने महीने भर में झूठे बिल बनाकर कार का इंजन, टायर-ट्यूब नए डलवा दिए और पेंट भी करवा कर फिर से चमका डाला । यही नहीं चक्रधर ने अपने एक मित्र के मकान के किराए की फर्जी रसीदें देकर स्वयं रहने का बहाना बनाकर संस्था के हर महीने ₹10000 ऐठना भी शुरू कर दिया था । अपने घर के ड्राइंग रूम में पुराने फर्नीचर की जगह नया फर्नीचर भी संस्था के खाते से सजा लिया था । टीवी, फ्रिज, एसी, पंखे, ट्यूबलाइट इत्यादि सारे के सारे फैंसी लगवा कर घर को जन्नत बना लिया था ।

असल में सरकार की अपनी एक मजबूरी होती थी कि उसे चक्रधर जैसे सफेदपोश राजनेताओं को राज्य की विभिन्न संस्थाओं बोर्ड या कॉरपोरेशनों में बतौर चेयरमैन या सलाहकार के रूप में लगाना ही पड़ता था । क्योंकि ऐसे लोग पार्टी के लिए अपना सर्वस्व दांव पर लगाकर सरकार की शक्तियों अथवा हस्तियों में शामिल होना अपना अधिकार मानते रहे हैं । अफसोस सिर्फ इस बात को लेकर होता है कि इस तरह के राजनेता आमतौर पर बेईमान दृष्टि के होते हैं । शायद ही कुछ लोग अपने आप में ईमानदार रहकर राज्य की सेवा करते हैं तथा सरकार द्वारा नियमानुसार निर्धारित भत्ते पाकर संतुष्ट रहते हैं ।

पंडित चक्रधर 'नीडर' की अपनी फिएट कार चलने लगी तो उसकी आत्मा में दया भाव भी जाग उठा और उसने संस्था की कार प्रबंध निदेशक को सौंप दी । वह बेचारा कार पाकर बहुत प्रसन्न हुआ क्योंकि वह कई महीने से अपने घर से पैदल या रिक्शा में दफ्तर आया करता था । अब पंडित चक्रधर संस्था से सिर्फ कार का पेट्रोल तथा उसको सही सलामत रखने के लिए इंजन की सर्विस चार्ज ही लिया करता था ।

उधर सरकार का कार्यकाल पूरा होने वाला था । चक्रधर की पार्टी अगले विधानसभा का चुनाव लड़ने की तैयारी में जुटी हुई थी 5 सालों के कामों को ध्यान में रखते हुए पार्टी को जीत हासिल करना बहुत कठिन कार्य था... क्योंकि राज्य की जनता को किए गए वायदे बहुत कम पूरे

हो पाए थे । आखिर चुनाव हुए पंडित चक्रधर की पार्टी चुनाव हार गई । दूसरी पार्टी जीतकर सरकार बना रही थी । पार्टी की हार के साथ चक्रधर की चेयरमैन की कुर्सी पर चुनाव जीतने वाली पार्टी का सफेदपोश विराजमान हो चुका था । बेचारा पंडित चक्रधर 'नीडर' जाते-जाते पीतल के बड़े बड़े अक्षरों में लिखित अपने नेम प्लेट उतरवाकर ले गया ।

3

सर्विस घोटाला

वे चारों अपने आपको जवान बछड़े समझते थे मगर बूढ़े बैलों से भी गए गुजरे थे जिनकी पूंछ गोबर से सराबोर रहती है । उनकी अफसर भी क्लास-1 तो जरूर थी मगर थी किसी खानाबदोश घर से ताल्लुक रखने वाली घटिया विचारों वाली औरत जो 40 साल की आयु पार करके भी अभी तक अविवाहित थी । बिल्कुल एक जंगली शिकारी सांडनी की तरह

किसी अपने जैसे उन्मुक्त जंगली शिकारी सांड की तलाश में ।

सरकार द्वारा नई नियुक्तियों पर रोक थी मगर कार्यालयों में काम चलाने के लिए अफसरों को ठेके पर स्टाफ रखने की पूरी पावर मिली हुई थी । उस चंद्रो अफसर तथा चार चन्द्रे व्यक्तियों.... (जो सेवानिवृत्ति के बाद भी कार्यालय के दमदार पदों पर ठेके पर आरूढ़ होकर युवा लड़के और लड़कियों को ठेके पर भर्ती करके 25% वेतन स्वयं हड़प कर सर्विस घोटाला कर रहे थे....) के नाम लेकर इतिहास को मलिन करना उचित नहीं है ।

उन हरामखोरों के बारे में एक बात तो स्पष्ट तौर पर कही जा सकती है कि वह वर्तमान के युवक व युवतियों के बेरोजगार होने का नाजायज तौर पर स्वयं तथा अपनी चंद्रो अफसर के क्रूर हाथों द्वारा शोषण करके इंसानियत का गला घोट रहे थे । कुछ वर्ष पहले यह चारों चंद्रे अपने कार्यालय में अपने-अपने सेक्शन के इंचार्ज हुआ करते थे । चंद्रो के आने से पहले यह हजरत 9 अफसरों की गुलामी करके उन्हें अपने इशारों पर काम करवाने में महारत हासिल कर चुके थे । दसवें नंबर पर विराजमान चंद्रो से कुछ दिन चापलूसी करने के उपरांत उसे भी अपने मुताबिक लिए गए फैसलों के अनुसार फाइलों पर हस्ताक्षर करने पर मजबूर बना डाला था ।

चंद्रो शायद इस कार्यालय में आने से पहले ईमानदार रही होगी... परंतु यहां आने के बाद इन चार चन्दरों ने उसे हराम के पैसे से ऐश करना सिखा कर अपने जैसा बेईमान बना दिया था । धीरे-धीरे वह निरंकुश महारानी की तरह व्यवहार करने लग चुकी थी, जिससे दफ्तर के कर्मचारी परेशान रहने पर मजबूर थे । उन चार चन्दरों की सिफारिश के बिना किसी को भी आसानी से अपने अधिकारों की प्राप्ति नहीं मिल पा रही थी । सरकार द्वारा दी जाने वाली सभी सुविधाएं पाने हेतु कर्मचारियों को चार चन्दरों की चमचागिरी करनी पड़ रही थी । चंद्रो भी सबकुछ जानकर अनजान बनने का नाटक कर रही थी । दफ्तर में एक तरह से तानाशाही शासन का पूरा बोलबाला हो चुका था ।

चारों चतुर चंद्रे व्यक्तियों की योजना के अनुसार चंद्रो का अहंकार सातवें आसमान से भी अधिक ऊंचाई को छूने की लालसा में कुछ ज्यादा

ही उन्मुक्त हो चुका था । उसे कर्मचारियों के अधिकारों का हनन करने में अद्भुत आनंद की प्राप्ति होने लगी थी । सरकार द्वारा कर्मचारियों को 10 वर्ष 20 वर्ष तथा 30 वर्ष की सेवा पूर्ण करने के उपरांत अगला वेतनमान दिया जाता था... परंतु जब से वह इस कार्यालय में आई थी सिर्फ चार चन्दरों तथा स्वयं उसके चाटुकारों को छोड़कर बाकी सब के केस अधर में लटकाए जा रहे थे ।

सरकार द्वारा कर्मचारियों को अपने बच्चों के विवाह के लिए 8% वार्षिक ब्याज दर पर एक लाख तक का लोन कार्यालय से लेने का अधिकार था परंतु चंद्रो की चाटुकारिता किए बगैर इसे प्राप्त नहीं किया जा सकता था । विभिन्न बैंकों से घरेलू वस्तुओं की खरीदारी के लिए लोन लेने के लिए कर्मचारियों को दफ्तर से गारंटी पत्र देने की आवश्यकता पड़ती थी... परंतु यह सुविधा भी चंद्रो तथा उसके चहते चारों चन्द्रे व्यक्तियों की विशेष कृपा पर निर्भर थी ।

चारों चन्द्रे अफसरों में एक खासियत भी थी वह कभी भी किसी कर्मचारी की वार्षिक वेतन वृद्धि लगवाने में रोड़ा नहीं अटकाते थे... और ना ही किसी कर्मचारी की वार्षिक गोपनीय रिपोर्ट खराब होने देते थे । वे अच्छी तरह जानते थे कि ऐसा ना करने पर स्वयं उन्हीं के सिर दर्द ही बढ़ सकती थी । फिजूल में फाइलों को इधर से उधर करने में उनकी कोई रुचि नहीं थी । सच्चाई तो यह भी थी कि इन्हीं दो सुविधाओं को प्राप्त करके सभी कर्मचारी खुशी-खुशी को कॉकटेल पार्टी द्वारा इन महानुभावों का मनोरंजन करते थे।

पदोन्नति के लिए रिक्त पड़े पदों पर भी चाटुकारों अर्थात अयोग्य कर्मचारियों को पदोन्नत करके योग्य कर्मचारियों के मनोबल को क्षति पहुंचाई जा रही थी । वरिष्ठ कर्मचारियों को कनिष्ठ कर्मचारियों के अधीन कार्य करने पर विवश होना पड़ रहा था । चारों चन्द्रे अफसरों की शाम पदोन्नत कनिष्ठ कर्मचारियों द्वारा दी गई पार्टियों के साथ बड़े-बड़े बीयर बारों में रंगीन होती जा रही थी । व्हिस्की के साथ नॉनवेज का मजा उन्हें और भी अधिक मस्ती प्रदान कर देता था ।

चंद्रो देश विदेश के दौरे भी दफ्तर के खाते से किया करती थी । कोई भी मौका हाथ से नहीं जाने देती थी । कभी-कबार एकाध घटिया से

कार्यक्रम में वह चार चन्दरों में से भी किसी को दौरे पर भेजा करती थी ताकि वह भी खुशी का अनुभव करते रहें ।

कार्यालय द्वारा हर वर्ष राज्य स्तर का कार्यक्रम आयोजित किया जाता था... जिसमें मुख्यमंत्री महोदय विशेष अतिथि होते थे । कार्यक्रम मुख्यमंत्री की इच्छा अनुसार चयनित शहर में आयोजित किया जाता था । शहर में हर बड़े रास्तों व सड़कों पर सात रंग के ध्वज लहराया जाते थे । इस बार कार्यक्रम की कमान चंद्रो के हाथ में थी । अतः उसने अपने पालतू चन्दरों को प्रार्थना स्वरूप आदेश देकर कहा कि चाहे जो करो मगर इस बार मुख्यमंत्री महोदय इतने खुश होने चाहिए कि पूर्व प्रबंध निदेशकों को कार्यक्रम देखने के दौरान एड़ी से चोटी तक पसीने आ जाने चाहिए । और सभी मंत्रीगण कहें कि ऐसा कार्यक्रम पहले कभी नहीं हुआ । यह सब चंद्रो की लगन और राज्य के प्रति सेवा का प्रतीक है । कार्यक्रम तो बेहतर होना ही था क्योंकि इस बार पूरे शहर में 100 की बजाय 200 झंडे लहराए गए... हर चौराहे पर मुख्यमंत्री के बड़े फोटो लगाए गए । कार्यक्रम में भाग लेने वाले कर्मचारियों को खुलकर खर्च करने की इजाजत थी । इस संस्था में मुख्यमंत्री महोदय के राज्यस्तरीय प्रोग्राम में स्टेज पर लच्छेदार भाषण देने वाली तथा मुख्यमंत्री का स्वागत करने वाली अब तक की एकमात्र प्रबंध निदेशक चंद्रो ही थी । इससे पहले किसी भी कार्यक्रम में किसी भी पूर्व प्रबंध निदेशक को स्टेज पर बोलने का मौका ही नहीं मिला था । कार्यक्रम की असीम सफलता के बाद चंद्रो ने चारों चन्दरों तथा अन्य सभी भाग लेने वाले कर्मचारियों को धन्यवाद करते हुए बढ़िया मिठाई का एक एक डिब्बा देकर खुशी का इजहार किया ।

अब तो चंद्रो के लिए लगभग सभी मंत्रियों को मिलने में कोई परेशानी नहीं रही थी । कुल मिलाकर राज्य की सरकार में उसका पूरा दबदबा हो चुका था । अनेक संस्थाओं के अफसर उससे अपना काम निकलवाने की अपेक्षा रखने लग चुके थे । चारों चंद्रे भी बिना पंखों के आसमान में उड़ने लगे थे । अब तो वे चंद्रो के साथ बड़े-बड़े होटलों में लंच पर डिनर करके सारा खर्च फर्जी बिल बनाकर दफ्तर के खाते में पास करा कर मजे से रहने लगे थे ।

चंद्रो इस दफ्तर में 10 वर्ष निरंकुश शासक की तरह एक महारानी बन कर राज कर चुकी थी । अब उसे इस संस्था का दायरा छोटा महसूस होने लगा था । उसने किसी को बताए बगैर इस दफ्तर को छोड़कर किसी बड़ी एवं महत्वपूर्ण संस्था में जाने के लिए अपना तबादला कराने का निर्णय ले लिया था । अब तो उसने चतुर चन्दरों की चौकड़ी की चिकनी चुपड़ी हरकतों को नजरअंदाज करना आरंभ कर दिया था । उसने चारों चन्दरों के सरगना जिसके पास अधीक्षक का कार्यभार था और डीसी रेट पर नौकरी पर लगाए हुए नवयुवक व नवयुवतियों से 25% वेतन हड़प कर उसकी जेब को गर्म करता था... को बुलाकर आदेश दिया कि आगे से सभी को पूरा वेतन दिया जाए । इस प्रकार चंद्रो ने कथित सर्विस घोटाले का अंत करते हुए गहरी सांस ली और ड्राइवर से गाड़ी निकलवा कर मुख्यमंत्री के आवास पर चलने का आदेश देते हुए गाड़ी का दरवाजा पूरी तेजी से बंद करके पिछली सीट पर विराजमान हो गई ।

अगले दिन चारों चन्दरों तथा बाकी सभी कर्मचारियों ने चंद्रो को शानदार विदाई पार्टी देकर हंसते-हंसते विदा किया और 11वें प्रबंध निदेशक के स्वागत की तैयारी में जुट गए ।

_X_X_X_X_X_X_X_X_X_X_X_X_

4

नीयत और बरकत

उसका नाम सुखदेव था। उसके 8 पुत्र तथा चार पुत्रियां थी। उसके पुत्रों के अलग 8 घर हो सकते थे तथा उसके घर 8 बहुएं आ सकती थी। उसके घर एकदम गांव के कुएं से 8 दोघड़ पानी की आ सकती थी अर्थात उसकी बहू में अपने सिर पर दो दो घड़े पानी लेकर आती तो एकदम 16 घड़े पीने का जल आ सकता था मगर ऐसा नहीं हो पाया।

भगवान अथवा पूर्वजों की कृपा से उसके पास 8 एकड़ उपजाऊ जमीन थी तथा पूर्वजों द्वारा बनाई गई छोटी ईंटों से निर्मित बड़ी हवेली थी... जिसमें पूरे परिवार के सदस्यों के साथ पालतू पशुओं (गाय, भैंस व बैलों की जोड़ी) को भी बड़े आराम से रखा जा सकता था मगर ऐसा नहीं हो पाया।

हवेली से कुछ दूरी पर उसके माता-पिता द्वारा बनाई गई एक बड़ी ईंटों से निर्मित एक बैठक थी, जिसमें नीचे आस-पड़ोस के बुजुर्ग व सयाने लोग आकर हुक्का पानी पी लेते थे तथा ऊपर की मंजिल पर बने बड़े से कमरे में एक रिश्तेदार आकर ठहर लेते थे। उस कमरे में उसके पिता द्वारा सनी (जूट) के अपने हाथों से बैठे हुए बाणों (रस्सियों) द्वारा भरे हुए आठ पलंग थे जिनके सिरहाने पर सूत निर्मित 8 दरियां हर एक पलंग पर तकिए समेत रखी होती थी।

उसकी चारों पुत्रियों का विवाह उसके माता-पिता के अच्छे बर्ताव के कारण अच्छे घरों में उनके जीते जी हो चुका था तथा उसके दो पुत्रों को उसकी पत्नी अपने मायके में बचपन में ही उनके नाना-नानी के पास छोड़ आई थी क्योंकि उनके यहां सिर्फ वही पैदा हुई थी। कुछ वर्षों पश्चात सुखदेव के माता-पिता का देहांत होने के बाद वह पूरी तरह आजाद पंछी की तरह उड़ने लगा था अर्थात अब उसे रोकने टोकने वाला कोई नहीं था।

अपने माता पिता के जीवित रहते हुए भी सुखदेव गांव के बड़े बुजुर्गों से दूर ही रहने का प्रयास करता था, वह तो हमेशा गांव के बिगड़ैल व्यक्तियों के संग रहना पसंद करता था। उसको रिश्तेदारियों में जाने का एक अजीब शौक उसे अपने गांव में टिकने ही नहीं देता था। वह बिना काम ही रिश्तेदारों के घरों में कई कई दिन गुजारने का आदी बन चुका था। उसे अपने बच्चों में कोई दिलचस्पी नहीं थी। वह खेत में काम करना भी अपनी शान के खिलाफ मानता था। उसके लड़के भी उसी के नक्शे कदम पर चल कर कामचोर बनते जा रहे थे।

पता नहीं वह कैसा पिता था जिसे अपने जवान बच्चों की शादी-विवाह की जरा सी भी चिंता नहीं थी। धीरे-धीरे आयु बढ़ने पर लड़के कुंवारे ही रहते जा रहे थे। हमारे भारत देश में वैसे भी लड़कों की तुलना

में लड़कियां कम पैदा होती हैं इसलिए सभी लड़कों के विवाह होने का तो प्रश्न ही नहीं उठता। सिर्फ अच्छे संस्कारों वाले परिवारों में ही लड़की वाले अपनी लड़कियों की शादी करना पसंद करते हैं।

सुखदेव स्वयं खेती का कार्य नहीं करता था। उसने अपनी सारी जमीन साझे व पट्टे पर दी हुई थी यदि वह स्वयं खेत में काम-धंधा करता तो उसके पुत्र भी उसका हाथ बटाते जिससे अच्छी आमदनी के बाद घर में रुपए पैसे तथा अनाज की कमी नहीं पड़ती... और ना ही ठेके पर काम करने वाले लोग उसे खेत की फसल को लूटने में कामयाब होते... मगर मुर्ख को कौन समझाता वरना 6 हट्टे-कट्टे लड़कों के होते कोई बाहर का व्यक्ति किस प्रकार उसके धन पर डाका डाल पाता। खैर उसके दो बड़े लड़के नाराज होकर घर छोड़कर चले गए और कहीं दूर-दराज के शहरों में मजदूरी करके अपना पेट पालने पर मजबूर हो गए।

व्यक्ति की जितनी नियत होती है बरकत भी उतनी होती है... परंतु सुखदेव तो उजले कपड़े पहनकर गांव में मटरगश्ती करने लगा था। वह एक अलमारी में चीनी तथा चायपत्ती रखने के बाद उस पर ताला लगाकर चाबी अपने पास रखता। जब भी चाय पीने का मन होता तो वह चाय के 4-5 कप बनवा कर बैठक में ले जाकर अपने कुछ निठल्ले दोस्तों के साथ चुस्की लेकर पीता था। उसकी पत्नी तथा बाकी बचे चारों लड़के हमेशा गुड़ की चाय पीते और मन को तसल्ली दे लिया करते। सुखदेव सारा दिन अपने साथियों के साथ ताश का खेल खेलता रहता। उसे काम-धंधे की कोई चिंता नहीं होती थी। अब तो उसकी बैठक में बुजुर्ग लोगों ने भी नहीं आना बंद कर दिया था। सारा दिन बैठक से उसकी तथा उसके साथियों की खोखली हंसी की आवाज दूर तक सुनाई देती थी।

कई बार फसल कम होने पर साल भर के लिए अनाज कम पड़ जाता था तो सुखदेव को कुछ फर्क नहीं पड़ता था... क्योंकि उसकी पत्नी ही खाली बोरी कंधे पर लटका कर किसी पड़ोसी के यहां अनाज उधार के तौर पर मांगने जाया करती। जिस घर से गेहूं मिलने की हां होती तो बोरी वहां छोड़ आती और उसका सबसे छोटा लड़का जाकर वहां से अनाज की बोरी चक्की पर ले जाकर पिसवा कर घर ले आया करता। ऐसा लगभग हर साल होता रहता था... मगर फिर भी सुखदेव ने समय खेती करने के

बारे में कभी गौर नहीं किया । उसे इज्जत और बेइज्जती से कुछ खास लेना या देना नहीं था वह तो खा-पीकर हमेशा आनंद महसूस करने में ही लीन रहने वाला शख्स था । जब कभी उसकी पत्नी कहीं से बातचीत करके लड़कों को विवाह के बंधन में बांधने की कोशिश करने को कहती थी तो वह निर्लज्ज आगबबूला होकर बैठक में अपने मित्रों के साथ ताश खेलने चला जाता था ।

असल में सुखदेव का अपना बर्ताव ही उसका तथा उसके खानदान का शत्रु बना हुआ था । वह किसी के साथ सीधे मुंह बात तक नहीं करता था । किसी से उधार लिया हुआ पैसा व अन्य सामान कभी वापस नहीं लौटाता था । उधार वापस लेने के लिए आए दिन लेनदार गांव में पंचायत बुलाते रहते थे परंतु वह पंचों व सरपंच के आगे साफ मुकर कर कहता था.. मैंने उस व्यक्ति से कुछ नहीं लिया... मुझ पर झूठा आरोप लगाया जा रहा है । लेनदार थक-हार कर चुपचाप बैठ जाते । और करते भी तो क्या बस छोटी-मोटी गाली देकर संतोष कर लेते थे । रिश्तेदारियों को भी उसने ही तरह लेनदेन के चक्कर में खराब कर रखा था । फिर ऐसे हालात में कोई उस से क्यों और किस लिए सहानुभूति करके उसके काम आता ।

सुखदेव एक ऐसा निर्लज्ज व्यक्ति था जिसे तंत्र-विद्या में बहुत विश्वास था । वह एक सयाने तांत्रिक के पास शहर में तीज व अन्य त्योहारों पर शराब की बोतल व सुल्फा, गांजा, अफीम जैसे मादक पदार्थ चढ़ावे के रूप में भेंट करने जाता था । उसने उसे अपना गुरु बनाया हुआ था... परंतु अपने व अपने परिवार की खुशहाली के लिए कभी किसी उपाय की मांग नहीं की । वह तो अपने पड़ोसियों से जलन रखता था... इसलिए उन्हीं का बुरा करने के लिए अपने कमीने गुरु से झाड़-फूंक व अन्य टोने-टोटके सीख कर आया करता.. और पड़ोसियों के सुखों में आग लगाने के चक्कर में पड़ा रहता था । उसकी पत्नी उसे ऐसा करने से रोकना चाहती रही परंतु वह उसकी एक ना सुनता ।

सुखदेव का सबसे छोटा लड़का 30 वर्ष की आयु पार कर चुका था । वह भी अपने पिता की तरह उजले कपड़े पहनकर कई-कई दिनों तक अपनी बहनों की ससुराल में पड़ा रहता तथा वहां से सामान चुराकर कहीं

सस्ते में बेचकर नशाखोरी के लत को पूरा करने लगा था । एक बार तो उस हरामी ने अपनी एक बहन की सोने की चेन चुराकर शहर में एक सुनार के यहां जाकर बेच दी थी और कई महीने तक उसके यहां गया ही नहीं । बाद में वहां के लोगों को उसकी असलियत के बारे में पता भी चल गया था... मगर वह तो कब का उस 30 ग्राम सोने की चैन को बेचकर खा चुका था । सुखदेव की पत्नी को अपने इस पुत्र की भविष्य की चिंता थी इसलिए वह अपनी कई पड़ोसन औरतों से उसे कहीं से विवाह सूत्र में बनवाने की प्रार्थना कर चुकी थी... परंतु सभी का एक ही जवाब था कि ना बाबा ना... हम ऐसा करके किसी रिश्तेदार की कन्या के भविष्य के साथ खिलवाड़ करके आपकी मदद नहीं कर सकते । माता का फूल जैसा कोमल हृदय था... जल्दी ही मुरझाने लगता ।

इंसानों की तो बात ही छोड़ो... सुखदेव तो बेजुबान पशुओं के साथ भी बर्बरता व अत्याचार करता था । उसकी ससुराल से उसे एक दुधारू गाय तथा एक भैंस दान स्वरूप मिली हुई थी । उसे दूध व घी खाना-पीना अच्छा लगता था मगर लस्सी को देखकर नाक सिकोड़ कर लस्सी से भरे बर्तन को एक तरफ हटा दिया करता । बाल्टीभर दूध देने वाली गाय तथा भैंस ने उसके यहां आते ही बहुत कम मात्रा में दूध देना शुरू कर दिया था... क्योंकि वह उन्हें सूखा चारा खिलाता था । खल, बिनौला, चना, ज्वार, ग्वार, बाजरा इत्यादि पोषक दाना दुनका तो वह बिल्कुल ही नहीं खिलाता था । दुधारू पशु तो आटे की चक्की के समान होते हैं, जो जितना डालेगा उतना ही पिस कर बाहर आएगा । मतलब साफ है वह सब कुछ जानते हुए अनजान बनने की मूर्खता करता था । गाय तथा भैंस से सिर्फ सूखा चारा खिलाकर लाठियां मार-मार कर दूध व घी प्राप्त करना चाहता था, मगर यह बात कैसे और क्यों संभव होती । बेचारे बेजुबान पशु उसकी मार सहने के लिए विवश थे ।

सुखदेव ने अपने पूरे जीवन में गांव के बाहर अपने एक खाली प्लॉट में एक कमरा ही बनाया था जो पहली ही बरसात में दीवारें गरकने के कारण निर्जर होकर धीरे-धीरे ढह गया था । प्रत्यक्षदर्शियों का कहना है कि जब मकान बनाने आए एक कारीगर ने उस कमरे की दीवारें बनाने के लिए नींव खोदनी आरंभ की तो सुखदेव महाशय ने दौड़ कर उसके

हाथ से कस्सी / कुदाल छीन कर एक तरफ फेंक कर आड़ी टेढ़ी जमीन को समतल भी नहीं करने दिया । उसने स्वयं ही दीवार बनाने के लिए ईंटे रखनी शुरू कर दी, बेचारे कारीगर कहते रहे कि जरा सी नींव खोद लेने दो वरना दीवारें ज्यादा देर टिक नहीं पाएंगी । परंतु उसने उनकी एक नहीं सुनी और परिणाम सामने आ ही गया । ऐसा लगता था कि उसे उल्टी और नुकसानदायक काम करने में बड़े भारी आनंद की अनुभूति होती थी । क्या वह इतना भी नहीं जानता और समझता था कि गहरी और मजबूत नींव पर बने मकान ही स्थाई व सुरक्षित हो सकते हैं वह भी अपने निर्धारित समय तक ।

ग्रहों की दृष्टि, पंच तत्वों (अग्नि, वायु, जल, आकाश तथा पृथ्वी) का प्रभाव, देवी देवताओं की कृपा, समय की गति, प्रकाश व अंधकार से किसे क्या प्राप्त हो सकता है... यह कहना तो मुश्किल बात है... परंतु इतना अवश्य कहा जा सकता है यदि सुखदेव अपने पूर्वजों से प्राप्त 8 एकड़ भूमि, रहने के लिए बनाए घर, पशुधन तथा अन्य अचल संपत्ति का श्रद्धापूर्वक उपयोग करता तो वह निसंदेह अपना तथा अपने परिवार का इज्जत के साथ निर्वाह कर सकता था .... परंतु उसकी जितनी नीयत थी ईश्वर ने उसे उतनी ही बरकत प्रदान की ।

_X_X_X_X_X_X_X_X_X_X_X_X_

जीभ की करामात

विधानसभा क्षेत्र सामान्य से रिजर्व कांस्टीट्यूएंसी अर्थात आरक्षित क्षेत्र घोषित हो चुका था । चुनाव आयोग की शर्तों और नियमों के

अनुसार क्षेत्र की चुनाव प्रक्रिया में अब सिर्फ सामान्य श्रेणी के लोगों (ब्राह्मण, जाट तथा बनिया जाति) को छोड़कर बाकी सभी जातियों जिनमें बैकवर्ड, अनुसूचित, जनजाति इत्यादि के सभी लोग भाग ले सकते थे । अब से पहले भी आज तक आजाद भारत में इस क्षेत्र से कोई सामान्य श्रेणी का आदमी या औरत कभी चुनाव जीतकर राज्य की विधानसभा का सदस्य नहीं बन पाया था परंतु एक व्यक्ति की नकल पति जी बने एक जहरीले सर्प की तरह डंक मार कर आने वाले समय के लिए सामान्य श्रेणी के कर्मठ व राज्य की सेवा करने के इच्छुक व्यक्तियों की उम्मीद को धराशाही कर दिया था ।

सर्पनाथ नामक व्यक्ति की किस्मत के बारे में कहा जाए तो वह ईश्वर की कृपा से एक खुशहाल जमीदार का पुत्र था परंतु बचपन से ही उसे रोटी के अलावा मिठाई खाने का अजीब शौक था । अपनी मृत्यु से पहले उसके माता-पिता ने उसका विवाह तथा उसकी दोनों बहनों का विवाह ठीक-ठाक गांवों के अमीर घरानों ने कर दिया था, अब घर तथा जमीन जायदाद का मालिक बनकर सर्पनाथ मजे उड़ाने में आजाद हो चुका था ।

सर्पनाथ कभी भी गांव के अच्छे ईमानदार लोगों के साथ नहीं बैठता था... उसका याराना तो गांव के बिगड़ैल व नशाखोरी व्यक्तियों के साथ था । उसके चार पुत्रों में से बड़े और सबसे छोटे का विवाह हो गया था । बीच के 2 पुत्र अविवाहित ही रह गए थे वह आए दिन घर व खेत का काम छोड़कर अपनी बहनों की ससुराल घी-बूरा अर्थात बढ़िया भोजन खाने के चक्कर में कई-कई दिन ठहरता तथा उन्हें कुछ देने की बजाय उनसे ही रुपए मांग कर लाता था ।

सर्पनाथ की पत्नी एक अमीर घराने की पुत्री थी, शुरु-शुरु में तो बिना कहे ही अपने मायके से रुपए व जेवरात लाकर उसके हवाले कर देती थी । जमीन और दुधारू पशु आटा चक्की की तरह होते हैं ... जो जितना अनाज डालेगा उतना पिसकर बाहर आएगा । सरपंच कामचोर आदमी था । उसे अपने खेत में काम करना अच्छा नहीं लगता था ... वह अपने पशुओं का भी ठीक प्रकार ख्याल नहीं रखता था परिणाम स्वरूप खेत से अच्छी फसल प्राप्त नहीं होती थी और ना ही पशुओं से घी-दूध की प्राप्ति

होती थी ।

एक सड़ा हुआ फल टोकरी में रखे सारे फलों को खराब कर देता है तथा एक गंदी मछली पूरे तालाब की मछलियों को गंदा कर देती है । ठीक उसी प्रकार सर्पनाथ गांव का पहला जाट/जमींदार था जिसने अपने पूर्वजों से मिली जमीन को आधे पौने भाव में बेचकर शहर जाकर मजे करने का प्रोग्राम बना लिया था । जमीन बेचकर जो पैसा मिला उसमें से बैंकों तथा गांव के लोगों का कर्ज चुकाने के बाद वह अपने सबसे छोटे पुत्र को उसके बच्चों सहित पास के एक शहर में पहुंचा । उसकी पत्नी का पहले ही देहांत हो चुका था । बड़ा विवाहित लड़का दूरदराज एक शहर में अपने परिवार सहित नौकरी करता था । बीच के दोनों अविवाहित लड़के वर्षों पहले घर छोड़कर कहीं अज्ञात जगहों पर चले गए थे ।

खैर शहर पहुंचकर उसने बिजली की बड़ी लाइन (66000 वोल्टेज) के नीचे सस्ते के चक्कर में पढ़ कर एक मकान खरीदा और पास की मार्केट में एक दुकान किराए पर लेकर जनरल स्टोर का सामान बेचने लगा । गांव में उसके पूर्वजों का घर अब तक बेचने का ख्याल उसके धूर्त मन में आया ही नहीं था । वह जब भी गांव आता तो उसके निठल्ले यार-दोस्त उसके पास आकर शराब/सुल्फा पीकर नशे में धुत हो जाते थे । वह शहर के बारे में जानने के इच्छुक होकर वहां की जिंदगी का हाल चाल जानना चाहते थे तब सर्पनाथ नशे के सुरूर में उन्हें कहता था ... प्यारो तुम तो गांव में रहकर अपने खेतों की मिट्टी के साथ काम करके खुद का जीवन मिट्टी में मिला रहे हो । शहर में तो आदमियों की बात छोड़ो वहां तो कुत्ते भी महंगी से महंगी गाड़ियों पर टांग उठा कर पेशाब की धार मारते हैं ।

व्यक्ति के मस्तिष्क में बुराई का पेड़ बिना बीज भी उग जाता है । धीरे-धीरे गांव के अन्य जमींदारों ने भी जमीन बेचकर शहरों की तरफ पलायन करना आरंभ कर दिया था ... और देखते ही देखते गांव में दूर-दराज के लोगों ने आकर सस्ते भाव में जमीन हथिया ली थी । यही हाल आसपास के गांव के जमींदारों का था, उन्हें भी शहर के चसके ने पूर्वजों से मिली जमीन में घर भेज कर जाने के लिए मजबूर कर दिया था ... परिणाम स्वरूप पूरे विधानसभा क्षेत्र को निर्वाचन सदन द्वारा आरक्षित

एरिया घोषित कर दिया गया था ।

"जिसका काम उसी को साजे ... कोई और करे तो ठेंगा बाजे " । यह कहावत भी सर्पनाथ ने सही साबित कर दी थी क्योंकि उसका दुकानदारी करने का कार्य सफल नहीं हो पा रहा था । वह सुबह घर में देर तक अपने घर अपने जैसे ही जमीन बेचकर शहर आए हुए लोगों के साथ हुक्का गुडगुडाता रहता था ... तब तक अन्य दुकानदार बहुत सा व्यापार कर चुके होते थे । शाम के समय भी वह बाकी दुकानदारों से पहले अपनी दुकान बंद करके घर आ जाता था । उसका साथ रहने वाला पुत्र भी उसी के नक्शे कदम पर चल कर अय्याशी करने लगा हुआ था ... कमाई से कहीं अधिक खर्च उनकी कमर तोड़ने की तैयारी में था ।

सर्पनाथ ने अब तक अपनी बहनों के पास जाना नहीं छोड़ा था, परंतु वहां उसे अब घी बुरा व अच्छा भोजन तो मिलता था ... किंतु उन्होंने रुपए देना बंद कर दिया था । उसकी गैर हाजरी में उसका पुत्र कभी दुकान खोलता और कभी बंद करके मजे में लिप्त रहता था । उसके बच्चों के स्कूल व कॉलेज के खर्चे भी दिन प्रतिदिन बढ़ते जा रहे थे ।

त्याग और बलिदान भले ही मनुष्य को कुछ समय के लिए सुख-सुविधा से वंचित रख सकता है किंतु परिणाम स्वरूप कुछ देर से ही सही घर परिवार में अवश्य ही खुशी बरसाता है । सर्पनाथ प्रकृति की इस सच्चाई से भाग कर मुफ्त में सुख व समृद्धि का स्वामी बनना चाहता था । 80 वर्ष की आयु में भी उसकी वाणी में मधुरता नहीं बन पाई थी ... ऐसे में ईश्वर भी उसकी कैसे सहायता करते । उसके कर्मों के अनुसार उसकी किस्मत भी किसी सागर की अनंत लहरों में गोते खाती हुई गहरे व खारे पानी में डूब चुकी थी।

एक ही शहर में रहते हुए सर्पनाथ तथा उसका प्रिय सबसे छोटा चंचलदास 10 वर्ष का समय व्यतीत कर चुके थे । मकानों के भाव भी अब 2 गुना तक बढ़ चुके थे परंतु इन महारथियों का 5 लाख में खरीदा हुआ मकान 7 लाख रुपए अवश्य दिलवा सकता था क्योंकि बिजली की बड़ी पावर 66000 वोल्टेज की लाइन के नीचे बने मकानों की कीमत करंट की आशंका के कारण इससे ज्यादा धनराशि नहीं दिलवा सकते थे । इसलिए पिता-पुत्र ने सात लाख में मकान बेचकर दूसरे शहर में जाकर

दुकान के स्थान पर होटल चलाने का प्रोग्राम बना लिया था । इस बार वे अपना मकान नहीं खरीद पाए, अतः उन्हें किराए का मकान लेकर होटल के कार्य का शुभारंभ कर दिया था । जिन्हें अंडा तक तोड़ना नहीं आता था वह आमलेट कैसे बना पाएंगे ... मुर्गे तथा बकरे के खाने वाले ग्राहकों को उनके मनपसंद विशेष अंग किस प्रकार परोसे जा सकेंगे ... सोचने वाली बात थी कि तड़का लगने के बाद दाल कैसी लगेगी ।

काका के हाथ में कस्सी सभी को हल्की दिखाई देती है ... असली वजन का पता तब चलता है जब व्यक्ति चिलचिलाती धूप में कस्सी से मिट्टी खोदने का कार्य करके स्वयं अनुभव करता है । सर्पनाथ तथा उसका पुत्र 5 वर्ष तक होटल का काम करके जान चुके थे कि यह कार्य चलाना उनके बस का रोग नहीं है । मकान बेचने के बाद प्राप्त राशि लगभग खत्म हो चुकी थी रहने के लिए घर का किराया तथा होटल के किराए व अन्य रखरखाव के लिए पैसों की तंगी होने लगी थी । हर रोज कमाकर दाल रोटी खाने की नौबत आ चुकी थी ... चटोरी जीभ को अब बिना घी-बूरा खाए ही संतुष्ट रहना पड़ रहा था । महाभारत काल के दुर्दांत जुआरी की तरह सर्पनाथ भी जिंदगी के साथ खिलवाड़ करने की बाजी हार चुका था परंतु उसकी तुलना युधिष्ठिर से कदापि नहीं की जा सकती थी... जिसका सारा वर्चस्व दुर्योधन की माता गांधारी के भ्राता शकुनि ने छल पूर्वक जीत लिया था क्योंकि वह कोई चक्रवर्ती सम्राट नहीं था।

_X_X_X_X_X_X_X_X_X_X_X_X_

अंत सामग्री

उम्मीद करता हूं यह कहानियां आपको पसंद आई होंगी । अंत में आपसे सिर्फ इतना ही कहना चाहता हूं कि अगर कहानियां पसंद आई हो तो इन इन कहानियों को सब लोगों के साथ साझा करें और अपने दोस्तों और मित्रों को भी पढ़ने का मौका दें ।

यह सभी कहानियां पूरी तरह से काल्पनिक हैं और किसी भी जीवित या मृत व्यक्ति या स्थान इत्यादि से इनका कोई संबंध नहीं है । आपका बहुत-बहुत धन्यवाद जो आपने इन कहानियों को पढ़ा इन कहानियों को पढ़ने से आपको किसी तरह की भी सीख मिली हो तो उसको हमेशा सहेज कर रखें ।

दीपक कुंडू
DEKUCHD@GMAIL.COM